衛斯理系列 少年版 34

迷藏

上

作者：衛斯理

文字整理：耿啟文

繪畫：鄺志德

老少咸宜的新作

　　寫了幾十年的小說，從來沒想過讀者的年齡層，直到出版社提出可以有少年版，才猛然省起，讀者年齡不同，對文字的理解和接受能力，也有所不同，確然可以將少年作特定對象而寫作。然本人年邁力衰，且不是所長，就由出版社籌劃。經蘇惠良老總精心處理，少年版面世。讀畢，大是嘆服，豈止少年，直頭老少咸宜，舊文新生，妙不可言，樂為之序。

倪匡　2018.10.11　香港

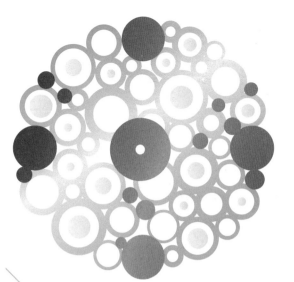

主要登場角色

白素

高彩虹

衛斯理

王居風

古昂

第一章

古堡中
不准捉迷藏
的禁令

　　白素有一個熱愛自由的表妹，叫高彩虹，反正家裏有

錢，一直過着那種無憂無慮、**自由自在** 的流浪生

活，甚至不愛帶手機，説那才是真正無拘無束的自由。

　　白素和她其實並無血緣關係，只是彼此親如姐妹，

也不記得從何時開始，就貪玩地以表姐妹相稱，並習以為

常，當成真的 **表姐妹** 了。

　　每到一處值得留下來的地方，她就會留上許多天，盡興後，才去第二處。凡是逗留過的地方，她都會選一張當地 風景 的明信片，寄來給白素。多年下來，彩虹的明信片已經有滿滿一盒子，她幾乎到過世界上任何地方。

　　那天早上，白素從信箱取信回來，當中有一張明信片，封面圖片是一座西班牙式的 古堡 。西班牙這

個國家，在全盛時期曾有過極輝煌的歷史，也有宏偉而具

代表性的建築，相當具特色，一看就可以看出來。而我們

在西班牙已沒有什麼特別的親友，所以我一面喝着咖啡，

一面猜測道：「**彩虹到了西班牙？**」

白素向我望來，點了點頭，「嗯，是彩虹寄來的，她

出了一道問題考你！」

我笑了笑，「什麼問題？」

「你自己看！」白素將**明信片**遞了過來。

我拿起一看，只見明信片上寫了寥寥幾行字：「表

姐、表姐夫，我在安道爾，一切安好。這是安道爾的一

座古堡，我今天才知道這座古堡有一個極奇怪的禁例：

不准捉迷藏！表姐夫可知道世界上有任何其他古

堡，也存在這樣的怪例？為什麼這座古堡會禁止捉迷藏？

我急於想知道，能告訴我嗎？」

我讀完這段文字後，登時雙眼發亮，喃喃道：「一座古堡，至少有過百個房間，而且還有無數通道、地窖、閣樓等等，如果在古堡裏玩捉迷藏，確實很有意思！」

白素敲了一下我的頭，笑道：「你多大了？不會真的上當，被她吸引去玩捉迷藏吧？」

我認真地看了一下圖片上的註腳，向白素說：「你留意到嗎？這座古堡叫『**大公古堡**』，在安道爾還是一個大公國的時候，由一位主政的保能大公建造。明信片有註明，這古堡建於公元894年。」

白素好像怕我**走火入魔**，連忙將明信片從我手中取回去，「你又不是不知道我這個表妹的性格，她在引誘我們去陪她玩！你不會真的為了玩捉迷藏，而去一趟安道爾吧？」

我聳聳肩，假裝不感興趣，但回到書房後，立時找了一本有關安道爾這個小國的**書籍**翻閱着。

安道爾是夾在西班牙和法國之間的一個小國，真的小得可憐，只有四百多平方公里面積，八萬多人口。國境在

比利牛斯山上，土地貧瘠，幾乎是歐洲最不發達的地方，在歷史上曾經是一個君主國，君主亦稱 **大公**。安道爾也出過幾位能征慣戰的大公，保能大公就是其中之一。

據書上記載，這位保能大公，曾不顧所有人的反對，建造了一座極其宏偉的 **堡壘**，就是如今這個小國最著名的名勝——大公古堡。

我迅速翻閱着，看看書中有沒有提及大公古堡有一條不能玩捉迷藏的禁例。

就在這個時候，白素推門進來，笑問：「查到了沒有？」

知我者莫若白素，她早就猜到我在書房裏查書，我只好尷尬地笑道：「有這個古堡的記載，可是絕無什麼不准捉迷藏的禁條。」

「我都説了，彩虹在 **騙** 你。」

我也認同白素的判斷，於是將書合上，把這件事暫時拋在腦後。

可是第二天，郵差送來了一個相當重的**郵包** ，是彩虹寄來的。

白素拆開它，裏面是一個木箱，撬開木板後，有一塊用紙包着的銅牌。

那塊**銅牌**約莫有六十厘米寬，三十厘米高，三厘米厚，銅鏽斑駁，看來年代久遠。在它的四角上，有着四個小孔，一望而知，這塊銅牌本來是釘在牆上或是門上。

白素略為抹拭了一下銅牌，我們便看到銅牌上所鑄的文字，一段是西班牙文，一段是法文，但兩段文字的意思完全一樣：「**在此堡內，嚴禁玩捉迷藏遊戲，任何人不能違此禁例。**」

文字下面還有一個鑴出來的簽名，我認不出這是誰的簽名，但是從那段文字的口氣來 推敲 ，這個簽名自然是屬於當時古堡的主人。

銅牌的背面貼着一封信，信封上寫着「表姐夫啟」，我於是打開來看，發現信裏只寫着一句話：

我看完不禁苦笑了一下，「彩虹太 **胡鬧** 了！這塊銅牌，一定是她從大公古堡中拆下來的，這樣破壞人家的文物，怎麼說得過去？」

白素雙手舉起了銅牌，質疑道：「這銅牌是真的嗎？如此滑稽的禁令，有必要鄭重其事地鑄在銅牌上？」

「中世紀時，歐洲的政治形勢十分紊亂，國與國之間戰爭不斷，一些小國隨時有被強鄰 **併吞** 的可能。所以在古堡之中，一定設有許多秘道，以保安全。而下令不准捉迷藏，就是防止別人發現這些秘道。」我自覺解釋得 **頭頭是道**。

可是白素揚了揚眉，顯然覺得這一切全是她表妹捏造出來的惡作劇而已。

為了證明那塊銅牌的 **真偽**，我決定帶着它去見一位朋友。

　　我那位朋友叫王居風，是歐洲歷史學 **權威** ，

對於歐洲的幾個小國，如列支敦士登、盧森堡、安道爾

等等特別有研究。他是柏林大學和劍橋大學的博士，為人

嚴肅，我認識他已有好幾年了，幾乎沒見過他笑，老是皺

着眉在思索問題。所以，雖然他年紀不大，只不過三十出

頭，眉上的 **皺紋** 卻十分深。

　　王居風對自己所研究的科目，簡直已到了 **狂熱**

的地步，任何人和他交談，他必然在不出三句話之內，扯

回到他有興趣的話題上，完全不理會旁人感受。

　　我去找王居風之前，並沒有預先通知他，因為我知道

他一定在家裏。

　　我開車來到了他住所的門口，那是一幢相當大的古式

洋房，牆上本來爬滿了 **長春藤** ，可是他因為怕植物

上的小蟲，所以將長春藤清理得一乾二淨，以致那幢古老

洋房看起來有點古怪。

我在鐵門外按鈴，應門的僕人認得我，帶我進去，讓我直接到書房去找王居風。

王居風的書房是名副其實的書房，四壁全是高及天花板的書架，而地上、桌上，幾乎一切可以堆書的地方，全放了書。而且為了一拿起書就可以立即翻閱，所有書架經過特別設計，每一層都有一塊木板可以翻下來，供人坐着閱讀。

當我走進書房時，王居風正 雙眼懸空 坐在高處，全神貫注地在翻書。

我抬頭叫道：「王居風，很久不見，你好嗎？」

王居風向我望來：「我很好，不過查理五世有點不妙，教皇李奧十世命他將路德處死，這個神聖羅馬帝國的 皇帝 遇上難題了！」

他的**老毛病**又來了，但我早已習慣，所以並不詫異，況且我接着要説的話，聽起來比他的更瘋狂。我説：「安道爾在大公國時代，保能大公造了一座古堡，這座古堡你可曾去過？」

「當然去過，那古堡──」他一面説，一面攀了下來，同時**滔滔不絕**地講着大公古堡的歷史。

當他落地之後，我才問：「那麼你知不知道，這座古堡內，有一條奇怪的禁例，不准人玩捉迷藏，你認為原因是什麼？」

王居風聽了之後，登時呆住，蒼白的臉一下子變成了**紅色**，額上的青筋也綻了起來。

第二章

惡作劇

王居風瞪大了眼，張大了口，突然揚起手中的那書

本，要向我打來。

一看到他這種樣子，我就知道他誤會了，他以為我剛才那番話是在嘲諷他。我一面後退，一面叫道：「是真的，不是開玩笑！」

他厲聲罵了一句：「你該上十次💀斷頭台！」

王居風連罵人的話也和歐洲歷史有關，當他殺氣騰騰地向我衝過來之際，我連忙舉起了那塊銅牌，將有字的一面向他展示，「你看，👁👁你自己看！」

王居風衝到了離銅牌只有半米才站定，盯着銅牌看，雙眼瞪得比銅鈴還大。

我正想開口問他，他忽然吸了一口氣大喊：「天！這是 **保能大公的簽名**！你從什麼地方弄來這塊銅牌？來！來！請坐！請坐！」

他握住了我的手臂，在三分鐘之前，還嚷着該送我上十次斷頭台，現在卻待我如帝王一樣，**侍候** 我坐下。

我被他拉到了一張桌前，坐了下來。他從我手中搶過那塊銅牌，移來一副 **放大鏡**，仔細地看着，神情愈來愈興奮。

然後，他以極快的速度奔向一個書架，爬了上去，取下厚厚的一本書，又回到桌邊，打開來，翻到其中一頁，「你看，這是 **絕無僅有** 的一個簽名，是保能大公簽署一份文件所留下來的，原件在法國國家博物館！」

我看了一眼，果然和銅牌上的簽名一模一樣，不禁

疑惑地問：「這位才能出眾的大公，為什麼會立下這樣奇怪的禁例？」

王居風皺着眉，顯然也感到疑惑，反問我：「這塊銅牌你在什麼地方得來的？」

我將事情經過約略地告訴他，他沉思了一會，才說：「你或許不知道，這位保能大公脾氣古怪，不輕易簽名，剛才你看到的文件，是他向西班牙發出的宣戰書，那場戰爭在歐洲歷史上──」

我連忙打斷了他的話，因為我怕他一講起這場戰爭的來龍去脈，**三天三夜**也講不完，「我明白你的意思，你想說，保能大公一定非常重視這條禁例，所以才會鑄在銅牌上，並且簽了名！」

「是的！這其中可能包含着一個不為人知的歷史秘密——」王居風講到這裏時，雙眼發光，「**我一定要發掘出來！**」

一聽他這樣説，我也靈機一動，拍手道：「那再好不過了，你可以去安道爾。彩虹本來想吸引我去的，可是白素堅決認為這是她表妹的**惡作劇**。如果我真的上當，就成了大傻瓜，但你不怕，你本來就像個傻瓜。」

王居風竟然對我的**嘲諷**毫不在意，雙手握住銅牌連聲道：「我去！我代你去！」

「好，不過她沒帶電話，我只好用你的手機拍一段 **影片**，向她說明你的身分，到時你找到她，直接給她看就可以了。」我說。

王居風連聲叫好，我繼續  **順水推舟**：「這塊銅牌請你帶回安道爾去，我相信彩虹一定是用非法手段弄來的，希望你快點去，不然我真擔心她，會將整座古堡都拆掉！」

「沒問題，我會盡快出發！」王居風說。

接着的幾天，這事情沒有任何新的消息，彩虹也沒有什麼郵包或明信片寄來。我打電話給王居風，電話轉駁到他的家裏，僕人說王居風在我去見他之後第二天就已經 **啟程** 到歐洲去了！

一直到七天之後，白素去參加一個親戚的聚會，我一個人在家裏研究 **老郵票** ，家中的電話忽然響起來。

我一拿起手機，就聽到彩虹的聲音：「表姐！表姐！表姐！」

「不是表姐，是表姐夫。」我說。

「都一樣！表姐夫，那個……王居風，他出事了！」

我吃了一驚，「出了什麼事？」

彩虹的聲音十分惶急：「我不知道是什麼事，但你 **非來不可** ！你一定要來！事情很嚴重！」

我急問：「王居風在哪裏？我和他講幾句！」

　　怎料彩虹語帶

哭音説：「我要是知道他在

什麼地方，就不用打電話叫你來了！」

　　我更加吃驚，「什麼？他失蹤了？」

　　「你別在電話裏問我了，你馬上來，我在安道爾機場

等你！」

我大聲道：「彩虹，你聽着，如果王居風 **失蹤**，那麼你應該立即通知警方！」

彩虹幾乎哭了起來，她説：「通知警方？你要我怎樣對 **警察** 説？説我們兩人在大公古堡玩捉迷藏，而因為我找了兩天也沒找到他，所以報警？」

我真是 **啼笑皆非**，這種事在電話裏確實有點講不明白，我只好説：「好，我盡快來！」

「快！我等你！」

掛線後，我立刻打了一通電話給白素，將彩虹的話轉述給她聽，她依然懷疑道：「會不會王居風也參與了彩虹的惡作劇，**合謀** 把你騙過去？」

我堅定地説：「王居風不是那種人，他絕對不會那麼幼稚。」

「可是他跟彩虹在古堡裏 **玩捉迷藏**。」

我嘆了一口氣，「我看他只是在古堡裏四處探索，沉迷研究，根本沒有玩捉迷藏，只是彩虹一廂情願，當成捉迷藏來玩。」

「這樣的話，他可能真的出事了。」白素的想法也開始**動搖**，問我：「你打算去看看？」

「嗯，你去嗎？」

「我這幾天有事走不開，而且，我依然懷疑這是

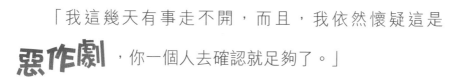

惡作劇，你一個人去確認就足夠了。」

我笑道：「好，如果彩虹真的拿我開玩笑，我一定把她綁回來，要她向我們 **負荊請罪**！」

我於是匆匆出發，在第二天中午前，就到達了當地機場。

我通過了檢查，步出閘口，已看到彩虹在向我揮手，我正想也向她 **揮手** 之際，手卻在半空中凝住了。因為我看到彩虹並不是一個人來接機，在她身邊還站着另一個人，而那個人正是彩虹宣稱在古堡裏玩捉迷藏失蹤了兩天的王居風！

我一看到王居風，立時 **無名火起**，氣呼呼地走到他們面前，喝問：「你們在搞什麼鬼？」

喝了一聲之後，我轉身便走，根本不用他們回答，因為事情已經十分明顯了，白素説得對，這是個惡作劇，**我上當了**，我是個大傻瓜。

　　我已經打定主意立即回去，但彩虹與王居風急步追上來，彩虹連聲説：「表姐夫，聽我説！聽我説！」

　　就在這時，我面前有一個身材高大的洋人，一副**見義勇為**的神情，把我擋住，問彩虹：「小姐，可是這個人偷了你的東西？」

　　那洋人一面説，一面粗暴地抓住了我的手。我奮力一甩，不但把他甩了開去，還連帶**撞倒**了另外幾個人，在這樣細小的機場來説，已是大大的混亂，警笛聲亦隨即響起。

　　彩虹和王居風慌忙拉着我走，登上了一輛汽車，匆匆離去。

第三章

大公古堡

彩虹開着車，王居風坐在她的旁邊，我一個人在後座，滿臉怒容。

彩虹留意到我的神情，連忙解釋：「表姐夫，我一點也沒有 **騙** 你，事情真是怪極了！」

我冷冷地哼了一聲，「什麼怪都是你們搞出來的！」

只見彩虹嘆了一口氣，「表姐夫，如果你有耐心，我可以把事情 **從頭到尾** 講給你聽。」

「説吧。」我冷冷地回應了一句。

彩虹於是從自己 **兩個月前** 進入安道爾國境開始説
起。

這個歐洲小國，每年都有不少遊客前來，但大多數在
夏天，入秋後逐漸減少，到了冬天更幾乎沒有遊客，因為

比利牛斯山山風凜冽，山間到處積雪，氣溫極低，並不好玩。

彩虹來的時候，已是深秋，她在一個山區村落租了一幢房子，住了下來。深秋的山景十分迷人，而且由於遊客稀少，彩虹受到村民十分熱情的招待。等到她準備離去時，村長還特意組織了一個惜別會歡送她。

就在惜別會舉行期間，一個村民偶然地提起：「高小姐，你下一站是不是準備去參觀大公古堡？」

彩虹那時還是第一次聽到「大公古堡」這個名稱，那村民提醒她：「如果你要去的話，就得趕緊了，因為大公古堡在五天後開始例行關閉，不讓人參觀。」

「大公古堡離這裏遠嗎？」彩虹好奇地問。

那村民指着一座山頭說：「不是很遠，翻過這山頭，就可以看到它聳立在山上。」

惜別會結束後，彩虹開車離去。她的座駕是特別製造的，性能極佳，是她在世界各地 **遊蕩** 的主要交通工具。

彩虹本來不打算到大公古堡去，因為歐洲各地的古堡，她不知遊覽過多少，認為安道爾這樣的小國，不會有什麼古堡值得去 **參觀**。可是，當她駕着車，翻過了村民所指的那個山頭，看到了聳立在另一個山頭上的大公古堡後，她改變了主意。

那時正值黃昏時分，深秋的藍天襯上團團晚霞，景色極其迷人，再加上古堡建築宏偉，看起來簡直像童話中的 **仙境**。

彩虹只看了一眼，就 **愛上了** 這個景致，於是加快速度向大公古堡駛去。

她的車子駛過大公古堡前的空地，驚起了一大群**鴿子**之際，天色早已黑了下來。車頭燈照着古堡的大門，那大門是極厚的橡木所製，上面釘着許多拳頭大小的銅釘。

彩虹熄了車子的引擎後，四周圍寂靜得一點聲音也沒有。古堡的**圍牆**很高，在黑暗中聳立着，感覺格外陰森。

如果換了旁人，看到這樣的情景，説不定早已掉頭離去。可是彩虹卻喜歡刺激，興奮得按了幾下汽車的**喇叭**。

喇叭聲在寂靜的山間響起來，驚天動地，古堡附近的林子中，一群群的飛鳥沖天而起，發出各種叫聲。

古堡中的人也被驚動了，沒多久，大門旁的一扇小門突然**打開**，一個人提着一盞電燈走了出來。

彩虹本來幻想古堡中會走出一個面目恐怖、神態陰森的傴僂老人來，可是眼前所見，這個人身形高大，而且相當英俊和年輕。

那年輕人疑惑地望着彩虹，彩虹立時解釋：「對不起，我是來自東方的遊客，我迷路了，看到這裏有屋子，想借宿一宵。」

那年輕人驚訝道：「天！你竟然來大公古堡投宿！」

彩虹也知道自己的講法很滑稽，只好厚着臉皮說：「我叫高彩虹！正如我所講，我從來，人生路不熟，你不至於拒絕我的請求吧？」

那年輕人現出無可奈何的笑容，「請進來，我叫古昂，是古堡的管理員。」

彩虹和他握過手後，便跟着對方走進古堡。

在高高的圍牆內，是一個很大的院子，晚上顯得黑沉沉的，再向前走，可以看到大廳的門，正緊閉着。

古昂帶着她，繞過了古堡的一個牆角，穿過一條狹窄的巷子，來到一個較小的院落，在院落的左邊，有一排平房。

古昂指着那排平房說：「這本來是僕役的住所，現在

是古堡管理處的**辦公室** 。」

　　彩虹不禁有點好奇，「這麼大的古堡，只有你一個管理員？」

　　「本來不止，一共有十個**管理員** ，還有好幾十個不定期來上班的工人，做各種維護工作。不過，每年到古堡關閉前幾天，根本沒有遊客再來，所以他們——」

　　貪玩的彩虹不等他講完，已經搶着說：「所以其餘九個管理員都偷懶**溜走**了？」

　　古昂現出無可奈何的神情，走了幾步，開門進入了其中一個房間。雖然說那本來是僕役的住所，但房間也十分寬敞。

　　彩虹坐了下來，在古昂張羅着煮咖啡時，好奇地問：「你**一個人**住在這樣的古堡中，難道不害怕嗎？」

「我習慣了，我的父親、叔父，他們全是古堡的管理員。我從小就在這座古堡中長大，幾乎熟悉整座古堡的**每一塊石頭**。」

彩虹笑道：「你的父親和叔父偷懶去了？」

古昂的神情突然變得十分嚴肅，「不，他們——失蹤了。」

「失蹤了？」彩虹感到十分意外，追問道：「是在安道爾失蹤的嗎？在這麼小的地方也會**失蹤**？」

這時咖啡已煮好了，兩人喝着咖啡，古昂猶豫了好一會才回答：「是在更小的地方失蹤的。」

「是哪裏？」彩虹愈來愈感到好奇。

古昂呷了一口咖啡，緩緩道：「**就是這座古堡。**」

古昂此話一出，彩虹幾乎把口中的咖啡噴了出來，忍

不住哈哈大笑，「哈哈……你分明在編故事嚇我，我是不會怕的，看不出你也挺有幽默感。」

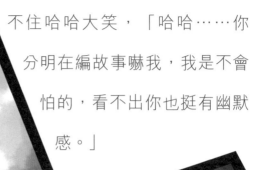

彩虹停不住笑，古昂卻**木無表情**，似乎不想多解釋，只是冷冷地向外面一指，「你若是要留宿的話，外面有十幾個房間，你隨便選一間。」

彩虹卻嫌棄道：「這些房間不是以前僕役居住的麼？你們安道爾人習慣拿**最差的房間**來待客？」

古昂有點 **忍無可忍**，大聲問：「那麼你想睡在哪裏？」

彩虹笑道：「當然是專為 **貴賓** 而設的房間！」

古昂望着彩虹，眨着眼睛，看他的神情，像是不能相信自己的耳朵。

「**你是認真的？**」古昂問。

「當然了！反正古堡裏的房間都是空着的，為什麼不能讓我住最好的客房？」彩虹自覺很有道理。

古昂一聲不出，打開了一個 **抽屜**，取了兩柄巨大的鑰匙，放在桌上，「如果你真的不怕，這兩柄鑰匙可以由東端或西端進入古堡的主建築，據我所知，古堡昔日招待貴賓的地方，是在 **三樓的東翼**，你可以自己去那二十多個房間中任意選擇，半夜不要再來騷擾我。」

彩虹看出古昂在嚇唬她，她偏偏不在古昂面前示弱，伸手取過了鑰匙，抬頭挺胸，**氣勢如虹**地走了出去。

當她來到院子中的時候，涼風吹來，心中已經開始後悔了，要一個人在這樣宏偉而陰森，有着幾百個房間的古堡中過夜，可不是鬧着玩的。

古昂心腸也太好了，很快就提着一盞**電燈**跟了出來，對彩虹説：「小姐，別鬧了，你現在改變主意，我不會笑你的。」

他這樣一説，反倒勾起了彩虹的挑戰心，彩虹硬着頭皮道：「**誰説我改變主意？**這盞燈借我用！」

她一面説，一面把古昂手中那盞電燈拿了過來，然後提着燈，昂首闊步地向古堡主體走去。

第四章

　　彩虹穿過院子，從一道橡木門走出去，來到了古堡主

要建築物的牆前，沿著牆走。四周靜到了極點，手中的燈

把她的 影子 映在灰麻石砌成的牆上，不斷晃動着，看

起來陰森可怖。

她咬了咬牙，繼續 **向前走** ，轉過了一個牆角，看到一道鎖着的門。

彩虹嘗試用古昂給她的兩柄 **鑰匙** 去開門，第一柄打不開，再用第二柄，巨大的鑰匙插進鎖孔轉了一轉，「喀」的一聲，鎖就打開了。

整座大公古

堡，如果從空中俯瞰，形狀如同一個啞鈴。東邊和西邊是兩個 **六角形** 的建築，各高五層，最頂層是尖角形的尖塔。

在東、西兩翼之間，是兩層高的長條形建築，將東翼和西翼連結起來。彩虹才到時，走進來的那個大院子，就是長條形建築的 **正門** 。而古昂住的那個院子，則在長條形建築的後面。

古昂給彩虹的兩柄鑰匙，是用來打開東翼和西翼底層大門的，這時彩虹打開的，是東翼底層的大門。所以，她推門進入了 **東翼的底層** 。

才一進門，彩虹舉起燈來，向前照着，看到一個極大的廳堂，左邊有一道 **盤旋而上** 的樓梯，提燈的光芒照在欄杆上，映出一種奇異詭譎的圖案。

彩虹的心**怦怦地跳着**，既驚恐又興奮。她以前到過不少古堡，但都是在白天，而且除了她之外，還有各種各樣的人，沒試過像現在這樣，黑夜獨留在古堡之中。

彩虹慢慢地向前走，將腳步放得十分輕，來到了廳堂的中央。

她留意到大廳四面的**壁畫**，大多記述戰爭，畫得非常逼真，在正中的一幅，是一個武士騎在馬上，挺着長矛，刺中一個敵人的心口，神情相當威武。彩虹當時並不知道那就是**保能大公**。

她一直來到樓梯口，開始向樓上走去，靠近樓梯的牆上，掛着許多畫像，有男有女，彩虹也沒有細看，走了三十多級樓梯，來到二樓。

二樓的走廊兩旁，全是房間，彩虹略走前幾步，就退了回來，因為古昂説過，**貴賓的房間**是位於三樓。

她又走了三十多級樓梯，來到三樓。三樓的格局和二樓一樣。

那走廊看來**迂迴曲折**，陰森之極，彩虹實在沒有勇氣再向前走去，所以經過第一扇房門時，就立即推門進去，並將門關上。

彩虹進房之後，總算鬆了一口氣，因為身處的空間小了一些，心裏多一點安全感。

彩虹並不是一個**膽小**的人，要不然，她也決不會在世界各地「流浪」，所以她很快就鎮定了下來，打量着整個房間。

這房間大約有五十平方米，一邊是巨大的四柱牀，由

於古堡一直作為名勝供人參觀，所以房間裏的物品都保養得相當好。

在牀的對面，是一個相當大的**壁爐**，壁爐架上有着極其精美的雕刻，上面也有着古物的陳設。在壁爐前方，放着兩張巨大的安樂椅。

另一面牆上，是一具**古色古香**的大櫃，再一面牆是窗，掛着窗簾，遮住了窗子。

彩虹感到身心疲累，於是放下手提燈，走到牀前，倒牀就睡。

她的膽子雖然大，也不敢把手提燈熄掉，因為在完全黑暗的古堡中**睡覺**，使她覺得沒有安全感。

可是，當她小睡了一會，再醒來時，發現自己置身於極度的黑暗之中，原來那手提燈的電池已經耗盡了。

　　彩虹記得壁爐架上有一座相當精緻的 **燭台**，燭台上有一對蠟燭，於是從手提袋裏摸出了打火機，打着了火，借助火光來到壁爐前，踮起腳尖，想點燃壁爐架上的蠟燭。

　　可是忽然之間，她感到一股 **寒風** 吹來，不禁打了一個冷顫，手中的打火機也抖落在地上，火光熄滅，四周一片黑暗。

　　彩虹隨即 **蹲下**，雙手在地上摸索着，卻怎麼也摸不到她的打火機！

　　她心中愈來愈急，突然想起，只要將窗簾拉開，多少有點 **星月微光** 映進來，那麼就能看到跌在地上的打火機了。

　　由於蹲在地上太久，她的雙腿有點麻木，一時間站不

起來，於是伸手按在地上借力，誰知她的手向地

上一按之際，竟然按到了 一個人的手 ！

　　那是一個男人的手背！十分粗大，有凸起的骨節，和

相當濃密的汗毛！

在那樣的情形下摸到了一隻手，彩虹自然驚叫起來，身子向後*彈*了開去，跌在地上。她叫了一聲又一聲，才漸漸想起了那個管理員，立時大聲道：「你不必嚇我！我知道是你在搗蛋！這房間有暗道，是不是？你嚇不到我的！」

她叫了幾遍，沒有人回應，但忽然聽到了「*噹*」的一聲，像是有一塊相當沉重的金屬物體跌到了地上。然後壁爐中又傳出一些「*嚓嚓*」的聲響，聽起來就像有人躲在壁爐中，正試圖想打着她那隻打火機一樣。

彩虹嚇了一跳，感到房間裏  ，於是想奪門而去，可是在漆黑的環境下，她看不清路，撞到了大牀的一根銅柱，忍着痛楚，跌跌撞撞、千辛萬苦才摸到了門口。

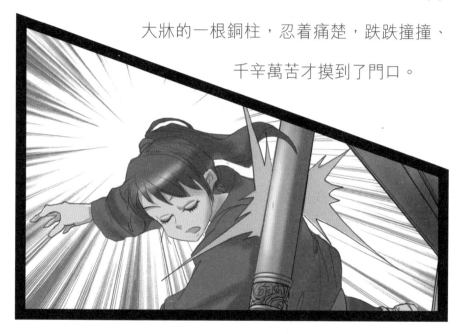

當她一拉開門走出去，竟立時看到了燈光，還聽到了聲音：「小姐，我好像聽到 尖叫聲 ，發生了什麼事？」

彩虹循聲音 **往下看** 👀 ，看到了那個曾和她鬥氣的管理員，對方正提高了燈，向上照來。

管理員站在下面，就是一進東翼之後的那個大廳堂。而彩虹則站在三樓第一間房門外，近樓梯口的位置，可以看到下面的情形。

彩虹一看到古昂，心裏就認定剛才的一切，包括所摸到的那隻手，全是對方的惡作劇。她 **忿忿不平** ，心中在想：哼，你以為嚇到我了？沒那麼容易！

她於是氣定神閒地回答道：「沒有什麼，或許是我做了一個噩夢，我有在夢中尖叫的 **習慣** ，沒嚇到你吧？」

管理員抬着頭，臉上的神情很誠懇，「小姐，還是下來吧，離天亮還有一段時間──」

　　彩虹不等他講完，就拒絕了他的提議，「不必了，

你~以為我害怕？ 告訴你，我一點也沒有害

怕，再會！」

　　彩虹一說完，立時重重地關上門，又退到了房間去。

第五章

發現銅牌

彩虹認定一切全是古昂的惡作劇後，鎮定了許多。她細心 **傾聽** 門外的腳步聲和關門聲，知道古昂已經走了，便摸黑來到窗前，用力將窗簾拉開。

窗簾拉開後，一如她所料，外面多少有一點星月微光射進來，使她能看到房間中的一點情形。她首先看到那座壁爐，沒有什麼 **異樣** 。但在壁爐前的地上，卻有一塊銅牌，她肯定之前是沒有的。

而且她記得，當她摸到 **一隻男人的手** 時，曾聽到「噹」的一聲，像是什麼金屬物件自壁爐中掉下，如今看來，一定就是這塊銅牌了！

彩虹既然認定了是古昂在搗蛋，反倒不怎麼害怕了，她認為這塊銅牌本來裝在壁爐中，但因為那傢伙鑽進鑽出，將它碰掉了下來。

她於是走過去，將銅牌 **撿起**，可以看到銅牌上鑴着字，只是光線太暗，無法看清上面寫着什麼。

彩虹心想：這可不能怪我，是你惡作劇在先，這塊銅牌就算是給我補償的 **紀念品** 好了。她用一幅絲巾，將銅牌包了起來，然後在窗前坐下，等天亮。

這真是漫長的等待，彩虹心中想了千百個方法去嚇古昂來報仇，可是她始終提不起勇氣摸黑走出這房間。

一直等到天亮，彩虹才以 **勝利者** 的姿態走出去，來到管理員的房間前，大力踢着門。

古昂打開門，只見彩虹叉着腰，大聲説：「你沒有嚇到我，這古堡也沒有什麼可怕，我走了，謝謝你收留我！」

彩虹一面說，一面將鑰匙拋給對方，然後趾高氣揚地大踏步離開。

她駕車駛出了相當遠，在下山的路上，經過一個小鎮，才停了下來，一面喝着 **熱牛奶**，一面取出那塊銅牌細看，這時才看清銅牌上面刻的是什麼字。

那塊銅牌，自然就是她後來寄給我，我又拿去給王居風看的那一塊了。上面所刻的字，便是保能大公簽了名，不准在古堡中捉迷藏的禁例。

當時彩虹就呆了一呆，認為那也是一個 **玩笑**。

可是細心地看，那塊銅牌製作精美，又不像是什麼玩笑。她 **百思不解** 之下，就寄了一張明信片給白素。她之所以沒有將銅牌一併寄來，是因為那個小

鎮上的郵政設備簡陋，沒有寄

郵包的服務。

等到她離開了那個小鎮，心

中愈想愈奇，在經過一個小城時，

便決定將銅牌也寄來給我看看。

而我收到了銅牌之後的情形，前面已經敘述過，不再

重複。

彩虹把自己在古堡的第一段經歷講述完後，王居風也

接着講述自己來找彩虹的經過，他說：「我一到了安道爾

的首都，那個小城市只不過兩萬多

居民，有一個小型機場，彩

虹每天在機場裏等，本來是

等衛斯理你來的，結果卻等

到了我！」

67

彩虹插嘴道：「很少 **中國人** 到安道爾來。本來我以為表姐夫你一定會來的，誰知——」

彩虹在安道爾的機場沒等到我，卻等到了王居風。王居風一下機，走出機場，就看到了彩虹。正如彩虹所說，很少中國人到安道爾來，所以王居風逕自向彩虹走過去，來到彩虹的面前，放下了 **行李箱** ，自我介紹：「你一定是高彩虹了，我叫王居風，是你表姐夫衛斯理的朋友。」

王居風隨即掏出手機，向彩虹展示我所拍的 **短片** 後，他再進一步自我介紹：「我研究歐洲歷史，特別對歐洲幾個小國的歷史感興趣，而且

對安道爾的大公古堡也很熟悉，看到了你寄給衛斯理的那塊銅牌，我可以肯定上面所鑴的，是**保能大公的簽名**！」

彩虹聽説我沒有來，本來十分失望，可是一聽到王居風這麼説，她又興高采烈起來：「真的？那豈不是很有研究價值？」

「**太有研究價值了！**」王居風比她更興奮，「歷史上有關保能大公的記載不少，可是從沒提及他曾經立下一條這樣古怪的禁例。請問你是從哪裏，在什麼的情形下，得到那塊銅牌？」

「說來話長，如果你性急的話，請上我的車，我們立即到大公古堡去！」彩虹根本沒有等他答應，已經轉身出發了。

王居風跟着上了車，一路上聽彩虹講述得到那塊銅牌的經過。

等到彩虹講完了，王居風 訝異 道：「銅牌是從壁爐中跌出來的？」

彩虹大力點頭，「一定是，因為當時我聽到『噹』的一聲響，那是銅牌落地的聲音。」

但王居風抓着頭，想不明白，「聽來不合理，保能大公立下了這樣的一條禁

例，當然是希望 **人人遵守**，但又怎會將銅牌放到一間客房的壁爐之中，誰會看得見啊？」

彩虹瞪了他一眼，「那不是一個普通的壁爐——」

「對啊！」王居風立時興奮地搓着手，「你認為那傢伙從壁爐的暗道中出來 **嚇** 你，單單這一點，就是一個偉大的發現，是首次發現大公古堡有新的暗道！」

車子到達大公古堡門口，又驚起飛鳥之際，是下午二時左右。彩虹狂按喇叭，可是這次沒有人出來應門。

王居風下了車，走到門口，看見那裏掛了一塊木牌，上面用英文、法文、西班牙文三種文字寫着 **告示** ：「大公古堡已經關閉，明年五月才重新開放參觀。所有古堡管理人員皆已離開，遊客如想了解更多資料，可用以下 **二維碼** ▣ 訪問專頁。請注意，任何人如果擅自進入大公古堡，即觸犯刑法第三十二條，可予重罰。」

王居風和彩虹看到了告示後，呆了半晌，王居風喃喃道：「我可不能等到明年五月再來！」

彩虹本來就是不愛**守規矩**的人，立時道：「古堡中沒有人，我們進行調查研究，不是更方便嗎？」

王居風雙眼已經在發光，「那當然。你的意思是偷偷進去？」

彩虹攤開雙手，「還有更好的提議？」

王居風果斷地搖頭道：「**沒有！**」

王居風平時很守規矩，但面對他最沉醉的歐洲歷史，再加上彩虹的鼓勵下，再守規矩的人，也會**胡來**。

古堡外面的圍牆相當高，可是砌牆的石塊因為年代久遠，有不少剝蝕之處，而且四周根本一個人也沒有，他們可以**肆無忌憚**地放心行事。

兩人於是利用圍牆上大石的隙縫，手腳並用，像猴子一樣攀進了大公古堡。

進入古堡後，彩虹還怕古堡內有人，大叫了幾聲，除了一陣陣的回音之外，沒有任何其他動靜。

彩虹來過一次了，可謂熟門熟路。王居風以前雖然也曾來過幾次，但都是正式參觀，連管理員住在什麼地方也不知道。

　　彩虹帶着王居風，向管理人員住的那個院子走去，「我們先到管理人員住的地方，檢查一下有什麼工具和食物，然後再行動。」

　　王居風同意，他們於是一起來到那院子中，打開了所有管理人員居住的房間，果然給他們找到了不少東西，包括豐富的**罐頭食品**、幾瓶水、一些工具、手提照明燈等等。王居風已經急不及待，當彩虹還在管理員的宿舍中東搜西找時，他已經繞過牆角，到了古堡東翼的大門前。

　　可是王居風在大門前**徘徊**了十多分鐘，無法進入，因為大門鎖着，而王居風只對歐洲歷史有研究，對於開鎖卻一點經驗也沒有。

　　十多分鐘後，彩虹也來了，她對**開鎖**可謂頗有經驗，都是從我身上學的。不過，這種安裝在厚厚的

橡木門上，年代久遠的古代鎖，其構造比現代鎖還複雜得多，彩虹也拿它沒辦法。彩虹檢視了一下她所找到的工具，當中有一柄 利斧。

　　我聽他們敘述到這裏，便不由自主地叫了起來：

「不！」

第六章

瘋狂的提議

「你們居然想用斧頭砍開那道門？這是對歐洲歷史的破壞，甚至是！」我向車子前座的彩虹和王居風當頭棒喝。

但王居風竟然也站在彩虹那一邊，說：「那道門已經被無數人看過、摸過、研究過，沒有什麼剩餘價值。但大公古堡內 **不為人知** 的秘密，卻很值得我們去探究，破壞一道門算不上什麼。」

彩虹更是一副滿不在乎的態度，「門反正已經劈開了，你聽下去自然會明白！」

我無可奈何，只好，聽他們説下去。

彩虹和王居風當時用利斧劈着鎖，不到三分鐘，就將鎖劈開了，連一向嚴肅的王居風，也不禁歡呼了一聲。

他們走進東翼的大廳，彩虹指着樓梯，「那個房間就在上面！」

王居風抬頭向上望了一眼，說：「我知道大公古堡才建成之後不久，有一位**顯赫人物**曾在那間客房作過客，他是西班牙的一位海軍上將，當時率領西班牙海軍，縱橫七海！」

彩虹眨着眼問：「這位海軍上將很喜歡捉迷藏？」

這樣的問題，在平時看來，自然是幼稚之至。但既然保能大公立了**不准捉迷藏**的禁令，彩虹這個問題就顯得非常有道理。

「歷史上沒有這樣的記載——」王居風講完這一句話後，突然怔了一怔，現出一種十分古怪的神情來，連聲叫道：「**怪事，真是怪事！**」

彩虹被嚇了一大跳，慌忙四面看看，想弄明白王居風

所説的怪事是指什麼。

　　王居風接着説：「這位海軍上將，在大公古堡逗留了幾天，和保能大公作了一次會談，可是當他離開大公古堡，回到西班牙後，竟然**不動聲色**地脱離海軍，到西班牙南部的一間寺院裏當個隱士。真奇怪，一個叱咤風雲的海軍上將，忽然成了**隱士**，真是怪事！」

原來王居風所指的「怪事」，並非發現古堡內出現了什麼異樣，而只是想起一則 **歐洲歷史** ，彩虹不禁瞪了他一眼，「你少講點歐洲歷史好不好？我們要探索的是這座古堡！」

王居風說：「難道你不覺得這位大將軍突然變成隱士，與 **大公古堡** 有關？」

「你說這位大將軍是因為在大公古堡住了幾天，所以才成為隱士的？」

這時，他們一面說，一面已來到了三樓，彩虹曾住過的那個房間門口。王居風向房門一指，「正確地說，他是在古堡的這個房間中住過幾天之後，才忽然成為隱士的！」

彩虹望着他，「你也認為這房間 **有古怪** ？」

王居風沒有說什麼，伸手推開了房門。

房間還是那樣子，和彩虹上次來的時候，沒有什麼不同，陳設和所有的 **裝飾品** ，全都在原來的位置。

王居風來到窗前，拉開了窗簾，房間立刻明亮起來。

然後，他取出了那塊銅牌來，問彩虹：「當時，你是在哪裏看到這塊銅牌的？」

彩虹 **指着** 👉 壁爐前的地上：「這裏！」

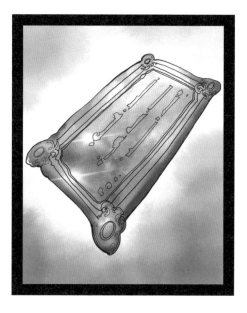

王居風又問：「你肯定你進來房間時，這塊銅牌不在地上？」

彩虹有點不耐煩了，大聲道：「這麼顯眼的一塊銅牌，如果早在地上，怎會看不到？ **除非我瞎了！** 」

王居風仍然未察覺到彩虹的不耐煩，再問：「你肯定它是從壁爐中跌出來的？」

彩虹將聲音提得更高：「當時 **漆黑一片** ，我只聽到銅牌墜地的聲音，沒看到它是從什麼鬼地方跌出來的。可是只要看銅牌墜地的位置，誰都會認為，它是在壁爐中跌出來！」

王居風不再發問，只是着亮了一盞 **手提燈** ，向壁爐內照着細看，而彩虹也在旁邊跟着看。

壁爐當然已經很長時期沒有使用了，非常乾淨，王居風一面看，一面用手摸索着。

「你在摸什麼？」彩虹問。

王居風回答道：「這塊銅牌的四角有 **小孔** ，它本來應該是釘在什麼地方的，我想找出它原來的位置，那裏應該也有釘孔！」

彩虹苦笑道：「　　　壁爐有多大？你該看到裏面沒有釘孔。」

王居風縮回手來：「是的，沒有釘孔，難道⋯⋯在煙囪中──」

他們隨即探頭進壁爐，往　煙囪　看去，發現煙囪相當狹窄，根本放不下那塊銅牌。

彩虹説：「我想，這條禁例未免有點奇怪，保能大公的城堡，當年定必十分**莊嚴**，誰敢公然玩起捉迷藏來？除非⋯⋯在沒有人看到的地方玩。」

彩虹講到這裏，王居風便叫了起來：「對，暗道！我們應該先尋找**暗道**！」

彩虹點着頭説：「而且我可以肯定，暗道的其中一個出口，就在這個壁爐之中！」

「對，有人曾經從這壁爐中出來過，你在黑暗之中碰到過**他的手**！」

王居風和彩虹於是開始在壁爐附近，尋找可以打開暗道出口的樞

紐，他們移動一切擺設，轉動一切看來可以轉動的東西，最後甚至合力把那張 **四柱大牀** 挪到另一個位置。

可是，壁爐依然是壁爐，並沒有什麼 **暗門** 忽然打了開來。

他們又將壁爐外的裝飾，全部拆了下來，將下面的鐵架也取了出來，發現壁爐根本沒有暗門，唯一的「通道」就是那根 **狹窄的煙囪** ，而那煙囪根本無法爬進一個人來。

他們停了手，彩虹踢着牆，不忿道：「一定有暗道！只是我們 **找不到** 它的出入口！」

這時他們又累又餓，王居風拿出若干罐頭說：「你應該也餓了，我們先吃點東西再說。」

兩人坐下來後，彩虹問：「 **罐頭刀** 呢？」

「不是你拿嗎？你在管理員的那些房間找了那麼久。」王居風瞪大眼看着她。

彩虹嘆了一口氣，王居風便顯露 **紳士風度** ，說：「不要緊，我去拿。」

但彩虹也不好意思叫王居風一個人回去拿東西，「我們一起去吧。」

他們於是又回到管理員的住所，弄了一些罐頭，塞飽肚子後，王居風先開口：「我們繼續找暗道？」

彩虹咬牙切齒，「**暗道一定在**，可是我們找不到！」

王居風説：「或許那個房間的構造特別巧妙，所以我們才找不到暗道的出入口！」

「對！」彩虹**跳**了起來，「我們到別的地方去找，我就不信找不到那該死的暗道！」

　　在接下來的幾天，王居風和彩虹兩人從東翼開始，尋

找 **暗道** ，一直找到西翼。他們找得十分仔細，然後，

又找到了地窖中。王居風隨行帶了有關大公古堡的一些資

料，資料中本來就有暗道的記載，不過都只是普通的暗

道，早已開放給參觀者參觀，並不是什麼祕密。而除了那

些暗道之外，他們沒有任何 **發現** 。

聽他們兩人的叙述，我可以感覺到，在兩人一起搜尋暗道的過程中，王居風對彩虹的印象愈來愈好。所以，到最後彩虹提出一個**任何正常成年人**聽了都會反對的提議時，王居風竟然想也不想就答應了。

彩虹那時提議：「哼，這個該死的大公古堡！保能大公下了不准捉迷藏的命令，我們就偏要在古堡裏捉迷藏！**你躲，我來找你！**」

王居風居然爽快答應：「好！我去躲起來，半小時後，你來找我，不准偷看！」

那時，他們兩人正在西翼二樓最末端的一間房裏。他們是從東翼一個個房間走過去的，所以，他們已搜遍古堡內的所有**房間**，並且在最後的一個房間裏下了決定，要在古堡中玩一次捉迷藏，故意觸犯保能大公的禁令，以發泄心中的鬱悶。

　　彩虹於是留在那房間中，讓王居風走出去，躲藏起來。

　　她躺在房間裏的一張巨大 **安樂椅** 上，等了半小時，然後才走出房間，開始去尋找王居風。

第七章

玩捉迷藏
失了蹤

大公古堡相當大，東翼和西翼各有五層，連地窖一共

六層 之多，王居風和彩虹在尋找暗道的過程中已經統

計過，堡內共有一百三十七個房間。

兩人在古堡中玩起捉迷藏來，當彩虹走出房間，開始

尋找王居風之際，她心裏在想，如果逐個房間找過去，不

知要費多少時間和精力，所以她必須先 **想一想** ，王

居風會躲在什麼地方，她要在最短時間內找到王居風。

　　彩虹於是幻想如果自己要躲起來，會躲在什麼地方呢？自然是對方最 **意想不到** ，覺得最不可能的地方。她立刻想起一句話「最危險的地方就是最安全的地方」，如果她要躲起來，她會選擇躲在 **東翼三樓** ，發現銅牌的那個房間！

　　一想到了這一點，彩虹立時由古堡西翼，直奔向東翼，一面 **跑** ，一面還提防自己萬一料錯，所以

虛張聲勢地一路叫着：「王居風，我知道你躲在什麼地方了！別亂跑，我現在來抓你！」

彩虹的叫聲 **響徹古堡** ，大約二十分鐘後，她終於來到那個房間的門口，一看就知道自己沒有料錯，因為她看見那房間的門竟然沒有關好，留着一條門縫。

她記得他們 **離開** 每一個房間時，都會將房門完全關上的。

　　彩虹 沾沾自喜 ，在那麼巨大的古堡中玩捉迷藏，她居然能在不到半小時之內就找到對方，實在是一件值得驕傲的事。她推開房門叫道：「你躲在這房間裏，快出來吧， 你輸了！ 」

　　可是王居風沒有現身，彩虹笑道：「好，你還不肯認輸？非要我將你 揪出來 ？」

　　她一面說，一面開始在房間裏搜索，她掀起牀墊，打開櫃門，抖開窗簾，探頭進壁爐，都沒看到王居風的身影。

　　五分鐘後，彩虹確定土居風不在這房間中，而房門虛掩，只怕是王居風的詭計，故意引她在這房間裏虛耗時間。

　　彩虹既狼狽又惱怒，王居風這傢伙，究竟躲到什麼地方去了？她開始往其他地方尋找，隨着時間過去，她愈找愈覺得沒有希望。

　　天色漸漸黑下來了，彩虹這時候已經足足找了五個小時，按理已經輸了，可是她和王居風之間沒有講好時限，若雙方都不認輸，遊戲只得繼續下去。

她先休息了一下，煮了一杯咖啡，吃了一點餅乾，然後又繼續尋找。一直到 **午夜**，彩虹還是沒有找到王居風。

這時候，彩虹開始害怕，王居風躲到什麼地方去了？前後已經十小時有多，她愈想愈覺得不對勁，她決定認輸了，在東翼大廳中喊叫：「**王居風，我認輸了！你出來吧！**」

彩虹叫聲之響亮，絕對可以傳達東翼的每一個房間和角落。她叫了好久，又到**中央大廳**去叫，然後到西翼大廳。最後，彩虹回到管理員的住所，等王居風出現。

在這樣的情況下，王居風無論如何也應該出來了，可是他依然沒有出現。

這個下半夜，彩虹只是勉強**瞌睡**了一回。第

二天一早，她挨個房間去找去叫，花了足足一個上午，可是王居風顯然不在古堡之中！

彩虹十分惱怒，因為王居風**犯規**，講好了在古堡捉迷藏，他怎麼可以不躲在古堡之中？所以下午她賭氣不再找了，只是睡覺，一覺睡醒，天色已黑，王居風還是沒有出現。

她開始有一種不祥的預感，王居風不可能躲藏了**三十小時**🕐仍然不出現，沒有一個正常人玩捉迷藏會躲這麼久的！

這一夜，彩虹簡直沒有睡過，她擔心王居風在古堡的哪一個角落遭到了什麼意外，正需要人幫助，她於是提着**手提燈**🪔，再去尋找王居風。

彩虹在古堡中，每走出一步，心就更劇烈地跳動兩下，她一面走，一面叫着，又一面用心傾聽王居風可能會

發出來的 **求救聲**。可是除了古堡外面的風聲和她自己叫嚷的回聲之外，沒有任何其他的聲響。

等到快天亮的時候，彩虹支持不住了，她在中央大廳內，放聲大哭起來。

彩虹哭了很久，天漸漸亮了，她覺得再這樣等下去也不是辦法，於是衝出了大公古堡，開車下山，她本來想報警，但想到自己和王居風擅闖古堡觸犯了法例，會受刑罰，而且警察聽到他們是 **玩捉迷藏** 而失蹤的話，會相信嗎？會受理嗎？可能只會認為她在胡鬧。所以彩虹最後決定打電話給我，告訴我王居風在古堡中失蹤了。

她和我通過電話後，又放心不下，匆匆開車回到大公古堡去，當車子來到古堡正門之際，她看到一個人站在 **門口**，而那不是別人，正是王居風！

　　王居風失神落魄地站在門口。彩虹停下了車，打算大罵王居風一頓，可是一出了車子，她，奔向王居風，就伏在王居風的肩上大哭起來。

　　她抽噎着，「你⋯⋯你究竟躲到什麼地方去了？」

　　王居風的態度很反常，望着她，神情一片惘然道：「我⋯⋯躲到什麼地方去了？」

　　他這樣的態度，令彩虹十分生氣，一面抹着眼淚，一面喝問：「我在問你，你躲到哪裏了？」

　　王居風被喝得，但仍是重複那一句：「我躲到什麼地方去了？」

　　彩虹愈來愈氣，不再哭泣了，只是瞪着王居風。王居風這時才如夢初醒般，伸手抓住了彩虹的手。

　　彩虹生着氣，用力想甩開他的手，可是王居風將她抓得十分緊，聲音急促地説：「我——現在是在什麼地方？」

彩虹又是好氣，又是好笑，伸手在他的額上重重地鑿了一下，「你不知道自己在什麼地方？等我來告訴你！你是在比利牛斯山上，一座古堡的門口，這座古堡叫該死的 **大公古堡**！」

　　王居風轉身一看，望見自己身後有一座巍然的古堡，神情驚詫，像是有生以來第一次看到這座古堡一樣，「啊」的一聲說：「**已經──造好了！**」

　　彩虹瞪大了眼，發急頓足，「你別再**開玩笑**了好不好？你究竟躲到什麼地方去了？別以為這樣欺負我，我會放過你！」

　　王居風愣愣地望着彩虹，等彩虹講完，他才以十分誠懇的聲音說：「告訴我，**我現在是什麼人**？」

　　彩虹開始有點擔心，「你——在古堡中遇到了什麼事？不會是撞了邪吧？」

　　王居風很着急，「**快告訴我**，我現在是什麼人！」

　　他用力抓住了彩虹的手臂，彩虹給他抓得手臂疼痛，忙叫道：「你是王居風！一個歷史學家！和我一起到古堡來的，我們在古堡裏玩捉迷藏，你可記得？你不見了超過兩天！」

王居風用心聽着，點着頭，然後又急速喘起氣來，「你有 ◯ 鏡子 沒有？讓我看看自己，快，讓我看看我自己！」

王居風的要求古怪莫名，彩虹看出他一定遭遇過什麼 **極其不尋常的事** ，立時在手袋中取出了一面小鏡子給他。

王居風一接過鏡子，馬上照鏡，一面盯着鏡子，一面還用手在自己的臉上 **大力** 撫摸着，像是要確認自己的臉是不是真實的。

彩虹看到他的怪異行動，不禁感到一股寒意，連忙伸手將鏡子搶了回來，「你在這兩天之中，究竟躲在什麼地方？」

王居風的神情依然一片惘然，**喃喃** 道：「我不知道……我不知道……」

　　彩虹忍不住大聲怒問：「你怎麼會不知道！從我們決定玩捉迷藏開始，你走出了房間，然後去了哪裏？」

　　王居風向彩虹憶述，當時他走出了房間後，便想着要躲到一個彩虹怎麼也想不到的地方，好讓彩虹找不到他，他立刻想到了**東翼三樓**第一間房間，就是彩虹曾在那裏過夜，找到那塊銅牌的那個房間！

第八章

王居風躲到了一千年前

王居風決定躲進那房間，便逕自向東翼走去，一面走，一面自己也覺得好笑：在歷史上頗有一番作為的保能大公，居然會鄭而重之下了一道不准在古堡捉迷藏的禁令，這已經夠滑稽了；而王居風身為一個歐洲歷史的權威，竟然會在大公古堡中玩捉迷藏，那更是荒誕至極！

　　他心中覺得好笑，來到那房間門前，**推門** 而入，

心裏又想：古堡房間之多，地方之大，要找一個人實在不容

易，如果彩虹因為找不到他而生氣，這樣未免太掃興了，所

以他決定只把房門虛掩着，給彩虹留下一點 **線索** 。

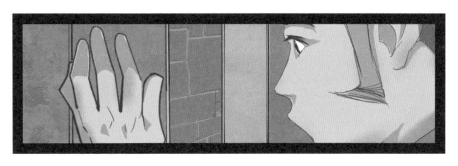

　　王居風走進房間後，準備躲到大櫃中，可是當他打

開櫃門，從一面穿衣鏡的反影中，看到了那個巨大的壁爐

時，他突然興起了一個十分頑皮的念頭：如果躲進壁爐

內，等到彩虹找到了這個房間，去搜查壁爐時，王居風突

然 **伸出一隻手** 來抓住她，一定可以將彩虹嚇上一

大跳！

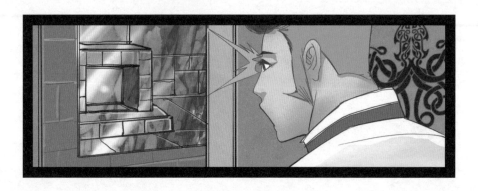

　　王居風一想到了這個頑皮的念頭，立時關上櫃門，來到了壁爐前面。

　　那壁爐他們曾經仔細檢查過，所以王居風知道，在放柴的鐵枝架下面，有一個相當大的凹槽。這個 **凹槽** 是儲存柴灰用的，但比平常的大得多，多半是為了可以隔許久才清理積灰的緣故。

　　王居風提起了鐵枝架，那個灰槽勉強可以供一個人屈身躺下去，他躺好後，移過鐵枝架，放在自己身上。

　　但他很快就有點後悔，因為躺在灰槽之中自然很不舒服，而且不知道要躺多久彩虹才會發現他。

　　他動了一下身子，想替換姿勢的時候，忽然聽到了一把聲音，在粗暴地呼喝着：「**出來！出來！**」

　　王居風完全不知道發生了什麼事，頭髮已經被人抓住，直提了起來，同時，「呼」的一聲，那顯然是皮鞭抽下來的聲音。

　　王居風連躲避的機會都沒有，就被抽中，痛得他眼前**金星直冒**，他又驚又怒，一面本能地伸手遮着頭，一面直起身來。

　　等到他直起身來之際，他真的呆住了！

他發現自己並不在大公古堡的那個房間中，而是在一株十分高大的大樹上，身旁有一個神情十分粗魯的男人，正站在極粗大的樹幹上，一手抓着皮鞭，一手抓住他的頭髮，**惡狠狠**地瞪着他。那男人穿着古代軍士的裝束，突然大力一推，把王居風推跌到樹下去。

自那樹上跌下來，離地約有十米左右，幸而樹下是一個**大草堆**，王居風沒有受多大的傷。

但他仍然弄不清楚究竟發生了什麼事，也不知道自己到了什麼地方。他只聽到一陣轟笑聲響起，接着，頭上一緊，頭髮又被人抓住，整個人再次被人提了起來。

王居風又驚又怒，當他看到對方是另一個身形高大的兵士之際，那兵士已經向着他的臉**一拳**打了過來，王居風感到一陣**劇痛**，便昏了過去。不知昏了多久，他才醒了過來。

叙述到這裏，王居風轉頭望着我説：「你一定不會相信，我在昏迷之後醒過來，竟變成了另一個人！」

我皺着眉，「**變成了另一個人**，那是什麼意思？」

他解釋道：「我知道自己是另一個人，在不同的時代，不同的生活背景，**我不再是王居風**，而是一個叫莫拉的歐洲山村貧民！」

王居風見我一臉疑惑，繼續解釋道：「當我醒過來之後，我在一間簡陋的小房子中，看起來像個**馬廄**。我雙手和雙足都綁着粗麻繩，在我的身邊，還有幾個和我同樣的人。而在門外，有幾個武裝兵士來回踱步，他們的服裝和所用的**武器**，全是中古時代歐洲軍隊所用的。」

我悶哼了一聲，懷疑王居風多半是有點神經錯亂了。

　　彩虹卻解釋道：「我有一個十分怪誕的想法，王居風的 **前生** ，不知道在多少代之前，可能就是那個山村貧民莫拉！」

　　他們愈説愈荒誕了，但我還是耐心聽下去，王居風繼續敘述：「我一醒過來，就感到 **極度恐懼** ，我是一個貧民，被保能大公的軍隊抓去，強迫在山中建造一座堡壘。建造 **堡壘** 的過程十分苦，一塊一塊大石，在山中開

採後，運到建造地點。我不想再幹下去了，於是偷走，我就是在躲起來的時候，被 **士兵** 發現而抓住的。在馬廄中的其餘九個人，也和我一樣。

「我還想 **逃走** ，但麻繩綁得十分結實，我無法鬆開。在馬廄中一直躺了將近兩天，完全沒有人來理我們。到了第三天，幾個士兵將我們拖到了一塊空地上，空地上有很多人——

「那空地就在還未建成的大公城堡前面，空地上有若干 **絞刑架** ，還有許多和我一樣，被兵士驅趕來建造堡壘的人，也有很多兵士。一個軍官大聲呼喝着，我被趕到絞刑架前，一道索子套上了我的脖子，接着，一個軍官展開一張告示，大聲宣讀着我們幾個人的罪狀。

「就在這時，一隊服飾鮮明的軍隊， **簇擁** 着一個極其神氣的貴人馳來，我和幾個脖子上已被套上了絞索

的人一起叫道：『**大公，饒恕我們！**
大公，饒恕我們！』」

　　這時我實在忍不住插嘴問：「大公？這個貴人，就是
保能大公？」

　　王居風點着頭，「是的，就是 **保能大公**，他騎
在一匹駿馬上，眼神冷峻得如同老鷹。我們聲嘶力竭地叫
着，他卻在馬上大聲向那軍官呼喝：『為什麼還不行刑！』
那軍官立時 **下令**，我只覺得自己的身體，被迅速地
吊了起來，眼前一陣發黑……」

王居風講到這裏，停了一停，再説：「我在絞刑架上被吊死了！」

我盯着王居風，看他怎麼説下去，他死了之後，還能怎樣？

他説：「不知過了多久，我才發覺自己又站在地上，看到彩虹向我跑來，我的腦筋一時轉不過來，思緒一片混亂，我到底是王居風，還是莫拉？所以我才問彩虹**我是什麼人，我在什麼地方**。」

這時彩虹接着説：「我們一起回到古堡管理員的宿舍中，他在定下神來之後，向我叙述了他的遭遇。我們並沒有停留多久，就離開了古堡，到機場接你。現在，你明白全部事情的經過了？」

我吞了一下**口水**，遲疑道：「算是吧。」

彩虹又説：「那麼，你也該明白，為什麼大公古堡內

不准玩捉迷藏了？」

「為什麼？」

「很簡單，在王居風的經歷中，你應該明白，古堡相當古怪，躲到某一個地方，例如那房間的壁爐內，能使人回到過去，王居風就回到了 **一千年之前** ！」

我説：「沒有人會接受你這種説法。王居風在這兩天之中，不過是做了一場 **夢**z^zᶻ，他研究歐洲歷史入了迷，所以才會在夢中見到了保能大公！」

王居風 **嘆** 了一聲，「我早就料到，不會有人相信。」

彩虹卻説：「我相信！因為事實上，我在那兩天找遍了古堡的每一個角落，也找不到你。」

王居風一臉感激，「謝謝你！」

他們兩人 一唱 一和，我卻説：「好了，隨便你們怎麼説，既然王居風已經找到了，我也沒什麼可做，麻煩你送我到最近的城鎮去。」

彩虹駕着車，一聽到我那樣説，驚訝道：「你難道不想去大公古堡，進一步探究事情 **真相** ？」

由於他們所講的經歷實在太荒謬了，所以我還是比較

相信白素的判斷，他們兩人在作弄我，這仍然有很大的可能，我才不會輕易 **上當**。我於是找了個藉口：「你們所講的經歷實在很出乎我的意料，我需要一些時間去消化。」

彩虹突然煞停了車，回頭 **瞪** 着我：「說到底，你就是不相信我們所講的！」

我冷靜地分析：「不是不信，只是，我認為王居風一定已找到古堡中的 **暗道**，躲了進去，然後因為暗道中的空氣太差，所以使人產生了一些幻覺。」

王居風卻着急道：「你至少應該聽聽我們的計劃。我們準備再玩一次捉迷藏，這一次，**由彩虹躲起來**，她想回到過去，看看自己的前生是什麼樣的。」

第九章

千年古堡中的怪異

聽了他們的計劃，我實在忍不住哈哈大笑起來，一面笑，一面指着彩虹，「你希望自己前生是什麼人？**王昭君**？還是**花木蘭**？」

彩虹十分惱怒，張大了嘴，向我的手指一口咬過來，若不是我的手縮得快，幾乎給她咬中！

　　彩虹對王居風説：「這個人一點**想像力**也沒有，隨他去吧！」

　　如果連這樣的激將法也聽不出來，我還是衛斯理嗎？我指着不遠處的一個小城鎮説：「載我到那城鎮去，我留宿一宵，**明天就回家🏠**。你們在古堡喜歡怎麼玩就怎麼玩。」

彩虹生氣了，**風馳電掣** 地駛到那城鎮邊上，停了下來，大聲道：「請吧！」

我打開車門，下了車，不忘揶揄她一句：「但願你的前生不是一頭**母猴子**！」氣得她暴跳如雷後，我滿心歡喜地匆匆走入那城鎮去。

當晚，我在鎮上的一家小旅館留宿，旅館全是用木頭建造，氣氛極好，附設一個小餐廳，我進去時，看到一個年輕人與侍應閒聊，侍應稱呼他「古昂」。

一聽到「**古昂**」這個名字，我心頭一動，上下打量着那個年輕人，一眼就可以肯定，他正是彩虹形容過的那個古堡管理員！

　　我出於好奇，主動走過去跟他搭話：「你好，你是古昂？」

　　古昂眨着眼，點着頭。

　　未等他開口，我立即又問：「**大公古堡** 的管理員？」

　　「你是誰？」古昂很疑惑。

　　我冷笑道：「古昂，你可還記得一個中國女孩子，在大公古堡過了一夜？你真壞，居然半夜三更在一座古堡裏，一個女孩子！」

　　古昂聽到了我的指摘，雙眼睜得極大，錯愕地叫道：「我嚇她？我才被她嚇了個半死！她要住進古堡，到了半夜，又發出比吸血殭屍更可怕

的 **尖叫聲**，我趕去看她，反而被她臭罵了一頓。那真是個瘋子！她是你的什麼人？」

我望着古昂，他的神情不像假裝的，我於是告訴他：「那位高小姐，是我太太的表妹。你可知道她為什麼在古堡中 **忽然** 尖叫？」

古昂搖頭，我吸了一口氣，然後將彩虹當晚在那房間中的遭遇，約略講述給他聽。

我只講了彩虹在古堡的遭遇，並沒有告訴他彩虹後來又和王居風偷進古堡去的事。

他聽完後，嘆了一聲，「高小姐算是很大膽的了。然而再膽大的人，在那樣的環境下，也難保不會生出 **幻象** 來。她說她摸到了什麼？一隻手？」

「是的，所以她認為是你通過暗道，進入那房間去**嚇**她！」

古昂苦笑着，「你看我的樣子，像是做這種無聊事情的人？」

他的確不像那種無聊人，這使我更加相信彩虹在胡亂編故事作弄我。可是那塊銅牌最令我想不通，它个似**偽造**，而且也經過王居風考證——那時的王居風不認識彩虹，還未被帶壞，不會騙我。

我於是問古昂：「但那塊保能大公簽了名，寫明不准捉迷藏的銅牌——」

「真有這樣的銅牌？你是不是在和我**開玩笑**？」古昂質疑道。

我攤開了雙手，苦笑着，「你看我像是開玩笑嗎？」

古昂無奈地聳聳肩，「那麼我就不明白了。對於這

座古堡，我們有很多傳說，但沒有一個是關於不准捉迷
藏的。我對這古堡再熟悉也沒有，從不知道有這樣一塊銅
牌。不過，一座已有**一千年歷史**的古堡，少不免
有點不可思議的怪事。」

　　聽到他這樣說，我連忙問：「你這樣說，是不是古堡
曾有過**不可思議*的事情***發生？」

古昂沒有立即回答我，想了一想，才說：「我的叔叔，和我的父親，他們都在古堡中 **失蹤**！」

我記得彩虹曾講起過這件事，我疑惑地問：「他們同時失蹤的？」

「那件事很怪，我一直想不通是什麼原因，八年前，我年紀還小，叔叔和父親都是古堡的管理員，在古堡 **封閉** 前一天，他們兩人巡視古堡，我也在古堡中，我在東翼大堂，看到他們走上樓梯去，之後……卻沒有再下來。」

我不禁跳了起來，「兩個人失蹤了，你們 **竟然** 不追究？」

古昂苦笑了一下，「由於他們兩人都欠下了債，所以 **調查人員** 認為他們並非失蹤，而是藉此機會逃債去了！」

　　勾起了別人的哀傷往事，總有點不好意思，我拍了一下他的 **肩膀** 說：「真對不起，打擾了你很久。」

　　古昂擺擺手，「不要緊，還好高小姐已經離開了。」

　　我尷尬地笑了一下，便和他揮手道別。

　　當晚冷靜過後，我躺在牀上，**心中** ♥ 只想着一件事：彩虹在那房間中，摸到了一隻男人的手，這一點，可以解釋為幻覺，也可以是她說謊。可是那塊銅牌，決不會假！

而且古昂父親和叔叔的遭遇，不是和王居風在古堡失蹤的情形很相像嗎？古昂 **不可能** 拿自己家人來跟我開玩笑，所以一定是真的。

那麼，彩虹和王居風向我講述的經歷，也可能是真的！

如今他們兩人在古堡裏又玩起捉迷藏來，好運的話，像王居風那樣，體驗過另一個人的身分後，安然無恙地回來。但萬一運氣稍差，說不定會像古昂的父親和叔叔那樣， **一去不回** ！

想到這裏，我已無法再睡，立時離開旅館，設法租了一輛車子，全速駛去古堡。

由於 **車子** 性能一般，而我又沒去過古堡，不熟路，所以費了不少時間，到了第二天的中午時分，才到達目的地。

古堡的大門虛掩着，四周靜到了極點，我一推開門，就大叫道：「**彩虹！**」

我的叫聲響徹大堂，卻沒有得到任何回應。

彩虹的車子仍停在古堡門外，所以我肯定彩虹和王居風還在古堡內。我繼續叫着，一面叫，一面向前走，先走向東翼。我根據彩虹的描述，到了東翼的大廳，高聲叫喊着，**走上樓梯**，前往三樓——所有怪異事件起源的那個房間。

第十章

憑空出現的東西

古堡內十分陰暗，我走上三樓後，視線漸漸可以適應，並看到了那個房間，房門只是虛掩着。

所有的怪事，全在這房間中發生，就算不是為了找他們兩人，我也要到這房間裏看看。

我推開了房門，由於曾聽過彩虹和王居風的描述，所以我對這房間 **絕不陌生**。進來之後的第一個印象，就是他們形容得相當好，完全貼切，不過有一點，卻不十分對頭。

在他們的描述中，房間裏的一切十分整齊，而且保養得宜。可是這時，房間非但不整齊，還十分混亂。

窗前的帷簾半拉開着，其中有一幅紫紅色的織錦帷簾，被拉下了一小半。牀上的一張牀單，也有一半被拉了下來，看上去就像有人在牀底下伸手拉住牀單的一角，想將牀單扯進牀底去一樣。

我立時俯身向牀底下看了一看，卻沒見到任何人。

我仔細搜索了好一會，幾乎可以肯定王居風和彩虹並不在這房間中，於是開門走出去，打算到其他地方去搜尋。

然而就在這個時候，我突然聽到身後傳來了「啪」的一聲，嚇了我一跳。

聽到那聲響後，我第一個反應是：他們果然躲在這房間裏！

我心中又好氣又好笑，這兩個傢伙真的以為我和他們在古堡中玩捉迷藏嗎？而且他們還藏得那麼好，竟然沒有給我找出來！

我氣憤地轉身回到房間去，怒喝道：「快出來！」

但我眼前所見，房間內依然沒有人，只是壁爐前面的地上忽然多了一樣東西。

那只是一個普通的 **打火機** ，卻令我感到一股莫名的寒意。因為我剛剛才仔細搜索過這個房間，可以百分之一百肯定，那時地板上絕對沒有這個打火機。加上剛才聽到「啪」的一聲，可以想像，那正是打火機掉在地上的 **聲音** 。

根據壁爐附近的環境，我認為只有一個可能：有人從壁爐中，拋出了這個打火機來。情形就像彩虹當日在這房間中，聽到「噹」的一聲，然後就發現了那塊銅牌。

我俯下身來，看到這打火機上刻着「R・K」兩個英文字母，毫無疑問，這是 **高彩虹** 的打火機！

我立時向壁爐看去，壁爐內卻是空的！

唯一合理的解釋，就是王居風和彩虹終於發現了壁爐中的 **秘密通道**，他們正躲在暗道之中，剛才趁我準備離開之際，就突然拋出一個打火機來嚇我！

我拾起了打火機，大聲説：「出來吧，你們嚇不到我！就算你們 **伸出手來** 🖐，我也不怕！」

我向着壁爐講那幾句話，我想，當我那幾句話説出來之後，不論怎樣，王居風和彩虹兩人，沒有理由躲着不出來了！

可是他們還不願意出來，我有點 **啼笑皆非**，這兩個超齡兒童究竟在玩些什麼花樣？是

不是我的語氣太嚴厲了，他們怕被我責罵，所以躲着不敢出來？

對待兒童不能太嚴厲，對付 **超齡兒童** 也是一樣，我於是盡量抑制着心中的怒意，放軟了聲調說：「好了，王居風、高彩虹，你們終於發現了大公古堡 **未為人知** 的秘道，真了不起，快出來，我們一起去慶祝吧！」

我不斷向着 **壁爐** 講着類似的話，足足講了五分鐘有多，還是沒有任何動靜。

這時候，我真的老羞成怒了，大聲喝道：「你們別以為我找不到 **秘道**！你們可以找到，我也一樣找得到！看我不將你們兩人像老鼠一樣揪出來！」

我探頭進壁爐去，抬頭向上看，可以看到狹窄的煙囱，那上頭不可能有什麼古怪。我便把搜尋方向轉移到下方，將灰槽上的鐵枝架拿掉，大聲道：「**看你們還能躲多久！**」

正如王居風曾提及過，鐵枝架下方是一個勉強可以

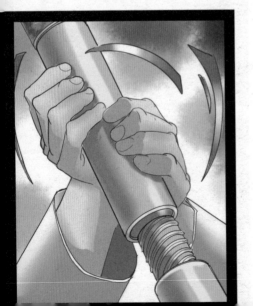

容納一個人屈着身子躺下去的 **凹槽**，四周用石塊砌成，我深信暗道一定就在那些石塊下。

我於是去將大牀四根銅柱子的其中一根拆下來，充當鎚子使用，然後回到壁爐中，用

「鎚子」逐一敲打灰槽上的

石塊  。

不需要多久，我就敲遍了鋪成灰槽的所有石塊，但聽不到 **空洞** 的聲音，那表示，石塊之下沒有暗道。

我感到十分沮喪，莫非暗道不存在？可是，如果沒有暗道的話，那打火機從何而來？

天色漸黑了，我肚子也餓得很，只好離開這個房間，下樓從東翼的門口走出去，轉過了牆角，來到了管理員的

住所。這時天色已經完全黑下來，我弄開了其中一個房間的門，手中仍拿着彩虹的 **打火機**，便順手打着火來照明。

彩虹這個打火機是名廠出品，先要打開一個蓋，然後用 **手指** 轉動齒輪，齒輪磨擦到了火石，發出火花，便會點燃着火。當我用手指轉動 **齒輪** 之際，卻發覺根本無法轉動，也就是說，無法打着火。我只好取出自己的打火機來，打着了火，找到了燈掣，開了燈。

我看到房間裏很亂，有一堆 **罐頭食品** 和飲料。我開了一些罐頭充飢和解渴後，情緒已經平靜了很多，可以冷靜地 **思考** 一下，王居風和彩虹到什麼地方去了？難道他們不在古堡？還是躲在古堡的什麼暗道內？抑或是⋯⋯真如王居風所説那樣，他們回到「過去」了？（待續）

走火入魔

白素好像怕我**走火入魔**，連忙將明信片從我手中取回去，「你又不是不知道我這個表妹的性格，她在引誘我們去陪她玩！你不會真的為了玩捉迷藏，而去一趟安道爾吧？」

意思：比喻過分沉溺於某事，到了失去理智的地步。

負荊請罪

我笑道：「好，如果彩虹真的拿我開玩笑，我一定把她綁回來，要她向我們**負荊請罪**！」

意思：背着荊條，向人認錯賠罪。比喻主動承認錯誤。

氣勢如虹

彩虹看出古昂在嚇唬她，她偏偏不在古昂面前示弱，伸手取過了鑰匙，抬頭挺胸，**氣勢如虹**地走了出去。

意思：形容精神高昂，表現出來的力量非常壯盛，好像可以直達天際。

肆無忌憚

古堡外面的圍牆相當高，可是砌牆的石塊因為年代久遠，有不少剝蝕之處，而且四周根本一個人也沒有，他們可以**肆無忌憚**地放心行事。

意思：形容人恣意妄為，毫無顧忌。

沾沾自喜

彩虹**沾沾自喜**，在那麼巨大的古堡中玩捉迷藏，她居然能在不到半小時之內就找到對方，實在是一件值得驕傲的事。她推開房門叫道：「你躲在這房間裏，快出來吧，你輸了！」

意思：形容人自滿而得意的樣子。

鼻子一酸

王居風失神落魄地站在門口。彩虹停下了車，打算大罵王居風一頓，可是一出了車子，她**鼻子一酸**，奔向王居風，就伏在工居風的肩上大哭起來。

意思：遇到或聽到悲痛的事情時，鼻子忽然有酸酸的感覺，非常想哭，十分傷心難過。

老羞成怒

這時候，我真的**老羞成怒**了，大聲喝道：「你們別以為我找不到秘道！你們可以找到，我也一樣找得到！看我不將你們兩人像老鼠一樣揪出來！」

意思：做錯了事，感到難為情，卻不願意承認錯誤，反而發怒來掩蓋自己的羞愧，指摘他人。

衛斯理系列 少年版 34

迷藏 上

作　　　者：衛斯理（倪匡）

文 字 整 理：耿啟文

繪　　　畫：鄺志德

助理出版經理：林沛暘

責 任 編 輯：梁韻廷

封面及美術設計：黃信宇

出　　　版：明窗出版社

發　　　行：明報出版社有限公司

　　　　　　香港柴灣嘉業街 18 號

　　　　　　明報工業中心 A 座 15 樓

電　　　話：2595 3215

傳　　　真：2898 2646

網　　　址：http://books.mingpao.com/

電 子 郵 箱：mpp@mingpao.com

版　　　次：二〇二四年三月初版

I S B N：978-988-8829-17-0

承　　　印：美雅印刷製本有限公司